~ *Deep in a Rainforest* ~

Written by Gwen Pascoe
Illustrated by Veronica Jefferis

Deep in a

rainforest,

the world

can be . . .

as
red
as . . .

as
orange
as . . .

as
yellow
as . . .

as
green
as . . .

as
blue
as . . .

as
purple
as . . .

as
bright
as . . .

. . . a rainbow.